QUERIDO CORAÇÃO

PEDRO SALOMÃO

QUERIDO CORAÇÃO

CARTAS DE
UM POETA
PARA EMOÇÕES
DOLORIDAS

OUTRO Planeta

Copyright © Pedro Salomão, 2022
Copyright © Editora Planeta do Brasil, 2022
Todos os direitos reservados.

Preparação: Matheus de Sá
Revisão: Vanessa Almeida e Elisa Martins
Projeto gráfico e diagramação: Negrito Produção Editorial
Capa: Fabio Oliveira
Imagens de capa: Henri Verstijnen / rijksmuseum

Dados Internacionais de Catalogação na Publicação (CIP)
Angélica Ilacqua CRB-8/7057

Salomão, Pedro
  Querido coração: cartas de um poeta para emoções doloridas / Pedro Salomão. – São Paulo: Planeta do Brasil, 2022.
  144 p. : color.

  ISBN 978-65-5535-709-7

  1. Poesia brasileira I. Título

  22-1396   CDD B869.1

Índice para catálogo sistemático:
1. Poesia brasileira

Ao escolher este livro, você está apoiando o manejo responsável das florestas do mundo

2022
Todos os direitos desta edição reservados à
Editora Planeta do Brasil Ltda.
Rua Bela Cintra, 986, 4º andar – Consolação
São Paulo – SP – 01415-002
www.planetadelivros.com.br
faleconosco@editoraplaneta.com.br

queridos leitores,

A sabedoria é a mãe que deve dar colo a todas as emoções. Seria muito bom se pudéssemos nos sentar com nossas emoções ao redor de uma mesa para ter uma conversa franca com cada uma delas. Acho que isso nos ajudaria a compreendê-las e a ter cada vez mais intimidade com o que habita nosso coração.

    Se pudéssemos mandar cartas para as nossas emoções, desabafando sobre o que sentimos em relação a elas, esse lugar confuso que é o nosso mundo interno nos seria esclarecido, e a vida seria mais leve.

    Este livro se propõe a fazer isto: enviar cartas para nossas emoções doloridas, tão presentes nas fases confusas da vida, a fim de estabelecer um diálogo para que nos entendamos melhor.

    As emoções não têm olhos para ler as cartas, nem têm mãos para apanhá-las, mas elas receberão a mensagem de cada carta por meio de seus olhos e de suas mãos.

    A sua imaginação fará o papel de carteiro e entregará as cartas para cada uma de suas emoções. À medida que você as ler, suas memórias começarão a se movimentar. A literatura tem esse poder de ressignificar as palavras que estão dentro de nós.

    Entregue as cartas em mãos, por favor.

    Com carinho,

Pedro Salomão

sumário

Querido Medo 8

Querido Vazio 12

Querida Esperança 16

Querida Confusão 20

Querida Insegurança 24

Querida Vida Adulta 28

Querido Conflito 32

Querida Crise Interna 36

Querida Ansiedade 40

Querido Futuro Desconhecido 44

Querida Solidão 48

Querida Cura 52

Querida Perda 56

Querida Impermanência 60

Querida Transição 64

Querida Paixão *68*

Querida Mágoa *72*

Querida Raiva *76*

Querida Vaidade *82*

Querida Desistência *86*

Querida Autocobrança *92*

Querida Paciência *98*

Querido Ressentimento *104*

Querido Amor Perdido *110*

Querida Maturidade *114*

Querida Inveja *120*

Querida Rejeição *124*

Querida Desconexão *130*

Querido Choro *136*

Querido Eu *140*

querido

medo,

eu preciso me abrir com você:

Obrigado por me mostrar os perigos da vida e por sempre ficar me lembrando das coisas ruins que podem acontecer no futuro.

Eu sei que você se preocupa comigo e que seu papel é preservar a minha segurança, mas acho que te dei ouvidos demais, a ponto de agora você pensar ser o dono da minha razão.

Medo, você até tem um papel importante na minha vida, mas não é dono dela.

Você me ajuda a prever possíveis riscos, o que é bom! Por isso não quero ser seu inimigo, quero tê-lo como aliado, para que possamos construir uma vida linda juntos.

Tem sido cansativa demais a minha luta cotidiana contra você, ainda mais porque hoje eu percebo que você não quer o meu mal.

Preciso dar os próximos passos na minha vida, preciso seguir em frente. Quero que você seja apenas meu conselheiro, não vou mais deixar você tomar as decisões sozinho.

Medo, você faz parte de mim, e sempre fará, por isso quero conviver em paz contigo.

Me desculpe pelas vezes que me agredi tentando te machucar, me desculpe por tentar te fazer calar a boca. Parece que quanto mais eu luto contra você, mais você me domina.

Quero fazer as pazes, Medo. Mas quero deixar claro que a partir de agora quem toma as decisões sou eu.

Eu te amo, obrigado por se preocupar tanto comigo, mas sou mais forte do que você imagina.

A *sabedoria* se senta ao lado do MEDO

Segura sua mão

E escuta o seu desabafo.

A *sabedoria* nunca tapa a boca do MEDO.

Mas também não acredita em tudo o que o MEDO diz.

querido

vazio,

eu preciso ter paciência com você.

Hoje olho para o campo da minha existência e o enxergo vazio.

    Eu sei que ele não é vazio e só está passando pelo ciclo natural da plantação, mas é difícil conviver com isso.

    É estranho porque há pouco tempo esse mesmo campo estava completamente cheio, frutífero e colorido. Preparei a terra, escolhi as melhores sementes e trabalhei com todo o amor que havia em meu coração. Foi uma linda safra.

    Mas passou, foi uma fase. Tenho de aceitar que agora é tempo de esperar, por mais que olhar o campo vazio seja angustiante.

Colheitas ainda maiores virão, por isso preciso deixar o solo do meu coração descansar, tomar sol, repor os nutrientes. Não dá para acelerar o ciclo natural da vida, e o vazio faz parte do ciclo.

Vazio, entendo seu papel, mas confesso que não vejo a hora de você passar. Quero ver minha plantação cheia de novo, por isso tenho preparado tudo com muito carinho para a próxima safra da minha vida.

Enquanto as primeiras sementes não germinam, vou ficar aqui cuidando de mim, preparando tudo para que nossa próxima plantação seja a mais linda de todas!

A *sabedoria* busca entender e aceitar os ciclos naturais da vida.

Não mergulha de cabeça no VAZIO, nem o busca.

Mas entende sua importância dentro de todos os processos.

querida

esperança,

entre e fique à vontade.

Eu preparei um delicioso café da manhã para você, porque é sempre agradável te receber.

    Eu amo conversar com você, amo te ouvir contar seus lindos planos para a gente, amo o jeito que você descreve como nossa próxima viagem vai ser inesquecível. Você sempre faz questão de me lembrar que essa fase difícil é passageira.

    É tão gostoso ter você comigo que quero te fazer um convite: gostaria de vir morar comigo?

    Estou disposto a criar todas as condições de que você precisa para se sentir em casa. Vou te alimentar com boas notícias, boas amizades, boas leituras e bons hábitos.

    Às vezes eu estou tão mal e do nada recebo uma mensagem sua dizendo que tudo vai passar; isso muda meu dia. E você faz isso mesmo sabendo que nem sempre dou ouvidos. Desculpe não te dar a atenção que merece, é insegurança minha, mas saiba que te amo muito.

    Não quero te ter longe, me mandando mensagem, quero ter você por perto, dormindo na mesma cama que eu. Quero me casar com você, quero te ter como melhor amiga.

    Enfim, a partir de agora vou te dar mais atenção, porque você sempre quer o meu bem. Espero que sejamos cada vez mais íntimos.

A *sabedoria* sabe que a ESPERANÇA deve ser cultivada e alimentada.

E a literatura é uma excelente forma de nutri-la.

querida

confusão,

caminho pelo meu coração e vejo tudo sendo reformado.

Algumas paredes estão sendo quebradas a marretadas,
alguns cômodos vão trocar de função e
o piso está todo destruído para ser refeito.
Minha casa está irreconhecível.
Estranhamente irreconhecível.
Mas reforma é assim mesmo,
tem que ter paciência,
não dá para se reformar de um dia para o outro.
Certo dia percebi que minha alma precisava de alguns reparos,
mas quando comecei a investigar mais a fundo,
percebi que eram problemas estruturais.

Eu amo morar em mim, então tomei coragem para restaurar tudo,
do alicerce ao acabamento,
pois pretendo morar em mim pelo resto da minha vida.
Hoje está tudo uma bagunça, uma confusão.
Tem pilhas de entulhos antigos que estou jogando fora aos poucos.
Tenho feito tudo com muito amor e esforço, pois logo, logo quero começar a receber visitas, quem sabe até encontrar alguém legal para morar comigo.
A confusão faz parte do processo.
A reforma está cada dia mais perto de acabar.

A *sabedoria* aceita o CAOS do que é naturalmente caótico.

Mas não abre mão do controle daquilo que está sob sua responsabilidade.

O CAOS existe, mas a ordem também, e buscar a ordem interna é a melhor forma de conseguir lidar com o CAOS de fora.

querida

insegurança,

Você me faz sentir que o mundo inteiro está mais preparado para a vida.

Parece que todas as outras pessoas sabem reagir ao mundo e senti-lo de uma forma mais natural que eu.

Minha forma de sentir a vida parece ter um certo nível de desajuste, principalmente quando vejo como é a vida dos outros.

Essa insegurança de me sentir menor, de não me sentir digno o suficiente para ser pleno, não é de hoje.

Tenho vasculhado meu passado como um paleontólogo que procura fósseis de dinossauros, e o que tenho descoberto é muito revelador: eu encontrei mágoas enterradas nas profundezas da minha alma, palavras que varri para debaixo do tapete quando não tinha amor-próprio o suficiente para me defender, e essas palavras calcificaram na forma como eu me vejo: frágil, indigno, menor, sujo, pecador.

Encontro essas mágoas fossilizadas que eu nem sabia que existiam, e tudo se torna mais claro. Não pretendo fazer um museu com isso, vou jogar tudo fora, pois eu é quem defino os critérios da minha seleção natural. Eu só quero deixar seguir a genética do que me fortalece, do que aumenta meu amor-próprio e do que faz expandir o brilho que trago no peito.

Querida Insegurança, eu vou continuar cavando, vou encontrar cada pedaço de passado que me faz sentir assim e eliminar de vez da minha linha evolutiva. Minhas dores passadas, palavras cheias de espinhos que permiti serem jogadas em meu campo existencial, tudo o que me impede de avançar será transformado em petróleo para queimar como combustível.

Eu comecei a me descobrir agora e não vou parar até encontrar todas as peças desse esqueleto em meu armário. Cada pedaço de mágoa que encontro e jogo fora me faz perceber que não tem nada de errado comigo e que sou completamente digno de ser como sou, assim como todo mundo é.

Querida Insegurança, seus dias estão contados, porque meu amor-próprio é irresistível e inevitável.

A *sabedoria* vê que a INSEGURANÇA é só uma sensação, e que ela não condiz com a realidade. A *sabedoria* está o tempo todo dizendo a boa verdade sobre si.

querida

vida adulta,

Você chegou para mudar todas as regras do jogo.

Quando finalmente achei que havia entendido como a vida funciona, você mostrou que eu estava apenas começando a aprender, e que as habilidades que me trouxeram até aqui não serão as mesmas que me levarão adiante. Preciso aprender tudo de novo.

   A forma como me relacionava afetivamente na juventude não se encaixa mais com o que quero agora. Ela estranhamente perdeu a graça. A noite parece vazia. Quero um amor de dia, semana, mês e ano. Quero conversa, entrega e confiança. Quero planos, sonhos e histórias.

A forma como lido com o dinheiro também mudou completamente. Além disso, mudaram a rotina, a preocupação com a saúde, a relação com meus pais, algumas crenças, valores e visões de mundo. Mudou tudo.

Juro que achei que não mudaria, que isso era conversa fiada dos adultos. Acreditava que permaneceria potencialmente rebelde a vida toda, mas sinto cada vez menos necessidade de ferir a sociedade, e cada vez mais vontade de fazer parte dela, agregando coisas boas e trazendo melhorias dentro das minhas condições.

O julgamento das outras pessoas sobre mim perdeu drasticamente o peso que tinha, e estou aprendendo a dar muito mais valor a minha própria visão sobre mim, pois hoje entendo que sou meu único e suficiente critério de autoavaliação.

Vida Adulta, você chegou e para te receber bem precisei deixar muita coisa para trás, pois quero te vivenciar da forma mais intensa e sincera que puder. Quero aprender suas regras, adaptá-las a minha realidade, entender seu significado e o que isso vai gerar na minha identidade e na forma como me vejo.

Vida Adulta, seja bem-vinda!

A *sabedoria* busca entender o tempo e seus efeitos sobre nós. Aceitar a VIDA como ela é: cíclica, aperfeiçoável e perecível.

querido

conflito,

eu aprendi a vida toda que um bom relacionamento precisa de paz, e que para encontrá-la era preciso evitar o conflito a todo custo.

Sempre achei que criar embates, começar uma discussão ou impor limites eram sinônimos de risco para o relacionamento.

Por isso fugia do conflito a todo custo, mesmo que isso significasse jogar todas as insatisfações para debaixo do tapete.

Não percebi que engolir as diferenças por muito tempo vai criando um mofo de repulsa na gente, minando e enfraquecendo a relação de dentro para fora, até que a convivência se torna insuportável.

Tudo isso por achar que o conflito era sempre algo negativo.

É mais confortável a curto prazo ficar calado, engolir e sofrer sozinho, pois o conflito exige a coragem de enfrentar um espelho que reflete suas reivindicações, evidencia suas dores e fragilidades, traz tudo para fora.

O medo do conflito também tem um traço de orgulho e covardia, porque no diálogo nós podemos inclusive enxergar que estamos errados, sendo mais seguro permanecer no nosso mundo interno, nos colocando como vítimas e sentindo autopiedade.

Acredite, é melhor enfrentar a dor do conflito do que engolir em silêncio e ir carregando o que te fere até adoecer.

O conflito pode ser um instrumento de pacificação e alinhamento de conduta, a elaboração do contrato de convívio, a delimitação das fronteiras e limites que viabilizam uma relação de paz.

O contrário do conflito não é a paz, e sim o silêncio, a autopunição, a passividade hostil, a covardia de quem se permite ser desrespeitado e a imaturidade vitimista. O contrário do conflito é a casa sem alicerce e a vida sem amor-próprio. O contrário do conflito é a escuridão, o oculto, o adoecimento. É fingir que nada está acontecendo.

A conversa difícil edifica a casa, a conversa difícil dá alicerce e torna a vida um pouco mais tolerável.

A sabedoria não está em nunca ter um conflito, mas em saber administrá-lo de maneira transparente, sincera, clara e assertiva.

Sem ferir e sem se deixar ferir.

A *sabedoria* não foge do **CONFLITO**.

Mas também não permanece
em qualquer **CONFLITO**.

querida

crise interna,

obrigado por estar aqui.

Por mais que me doa a alma, eu sei que você nunca vem por acaso.

Você é um sinal poderoso de que algo está errado e precisa ser mudado.

Crise Interna, você é meu corpo tentando conversar com minha alma, é meu estômago avisando a mente que tem alguma coisa me machucando, que não posso continuar me ferindo e seguindo pelo mesmo rumo.

A crise é o sinal de que estamos insistindo no caminho errado, de que estamos calando nossa essência por tempo demais.

Crise, você é o primeiro sinal da cura.
É a dor que antecede o alívio.
É a chuva que antecede o sol.
É o choro que antecede a calma.
É o desespero que antecede a resposta.
É o caos que antecede a ordem.
É o vazio que antecede o florescimento.
A crise é o sinal de que o processo de cura começou.
Crise é autopreservação.

Não devo lutar contra você, mas necessito estar atento para ouvir suas reivindicações e ter coragem de mudar o que precisa ser mudado, falar o que precisa ser falado, enfrentar o que precisa ser enfrentado e acolher o que precisa ser acolhido.

Crise cria cura.
Cura cria casa.
Casa cria asa.
Logo você passa e deixa várias lições como sempre faz.

A *sabedoria* tem uma escuta sincera com o coração. Busca entender os motivos da CRISE INTERNA e tem coragem de tomar as decisões para curá-la.

querida

ansiedade,

Você vive me dizendo que imprevistos são sustos, que novidades são perigosas e que compromissos são tragédias.

Fica fantasiando mil maneiras de as coisas darem errado, porque o seu trabalho é fazer eu me antecipar a tudo o que pode ser ruim, pois assim eu estarei preparado para o que vier.

Mas para me planejar para tudo o que pode dar errado, não preciso sentir em meu coração que tudo está dando errado agora, neste momento!

Ansiedade, por mais que às vezes você saia do meu controle, eu quero fazer as pazes, porque sei que você não quer o meu mal, pelo contrário, se preocupa comigo.

Olha só, vou criar hábitos para te acalmar, para te domar, para te ter apenas como conselheira. Vou praticar atividades físicas, aprender a respirar fundo, falar mais sobre minhas emoções, impor meus limites aos outros e buscar uma vida mais autoconsciente, se preciso for com a ajuda de um profissional.

Porque a gente merece o alívio de uma vida em paz.

Dessa forma, vou conseguir te racionalizar aos poucos, aprendendo a te ouvir e criando uma relação mais saudável com você.

Eu sei que você vai relutar, fazer birra igual criança, porque sempre fez a festa em meu coração, mas a disciplina que vou impor é para o nosso próprio bem.

Ansiedade, obrigado pela preocupação, mas eu sou maior do que você e vou te provar.

A *sabedoria* não luta contra as emoções, mas busca acolhê-las para tratá-las. A ANSIEDADE pode até existir, mas não vai tomar conta de tudo.

querido

futuro
desconhecido,

O momento em que me encontro me faz sentir como se estivesse caminhando em direção ao desconhecido, sem enxergar um palmo a minha frente.

As incertezas que se apresentam deixam o amanhã em aberto, o que dificulta muito meu caminhar, porque amo o planejamento. Tudo está em aberto e quase nada está sob meu controle.

É um desconhecido imposto pelo mundo externo, que não depende de mim, por isso não me resta nada além de ter paciência, esperança e pés no chão.

Em outros momentos da minha vida, pude ter um pouco de visão de médio e longo prazos, mas confesso que hoje está difícil fazer isso.

Parece que fico tentando resolver, encontrar uma saída, procurando uma possibilidade que me tire dessa situação, mas a verdade é que não depende de mim. **Eu preciso respirar fundo e aceitar o tempo do mundo.**

Não consigo acelerar a realidade. Não consigo resolver o que não depende de mim.

Como é difícil aceitar que preciso esperar, que preciso aceitar o futuro incerto e desconhecido.

Futuro Desconhecido, vou usar este tempo presente para me preparar para você como quem constrói um barco capaz de suportar tempestades.

Vou colocar o foco nos meus hábitos presentes e cuidar do meu "hoje". Já que não sei o que será, vou pensar no melhor, me organizar para o pior e lidar com o que acontecer.

Querido Futuro Desconhecido, obrigado por me forçar a esperar e me ensinar de forma rígida que a paciência é amiga da vida, da paz e da maturidade.

A *sabedoria* confia em si mesma e sabe que não tem controle absoluto do FUTURO. Boas decisões não predestinam um FUTURO perfeito, mas condicionam a vida por um caminho melhor e mais equilibrado.

querida

solidão,

sinto que não tenho uma conexão forte com ninguém.

E por não ter ninguém com quem me compartilhar, com quem dividir e multiplicar a vida, ela esfria.

Uma vida morna e sem gosto da solidão.

Ninguém experimenta o meu tempero, por isso eu já nem sei que gosto tenho. A solidão não tem gosto de nada.

Essa conexão fraquinha que tenho com algumas pessoas não me preenche, não chega nem perto de uma conexão real. Já tive conexões reais, mas todas se dissolveram no meio do caminho.

Não queria apenas compartilhar palavras, queria compartilhar tempo, corpo, momentos e sonhos. Queria compartilhar o eu até me tornar nós.

Por não ter ninguém, sinto que não me tenho também.

Vou deixando de existir.

Na verdade, nem sei se ainda existo.

Não queria encontrar verdade nesta carta, mas a poesia precisa existir, né?

Sinceramente, queria não precisar escrever.

A *sabedoria* percebe a **SOLIDÃO**, mas não se permite definir por ela.

Relação requer decisão.

querida

cura,

eu te esperei na janela esse tempo todo e confesso que suspeitei que você nunca chegaria.

A dor morou comigo enquanto você não chegava,
tomávamos café da manhã juntos,
e ela ficava comigo até a hora de dormir.
Foi difícil.
Cura, como é bom te receber.
É quase inacreditável.
Mais do que te receber, eu te percebo em mim,
porque você nunca chega de uma vez,
você vem chegando aos poucos,
como uma ferida cicatrizando
até o dia em que a ferida não dói mais.

Esse processo trabalhou em mim a paciência, a fé,
a força, a disciplina, a empatia e a humildade.
Estou aliviado que finalmente esteja aqui.
Cura, você é um milagre da vida.
Você é um sopro sagrado.
Você é a resposta das minhas atitudes e hábitos.
A crise já está arrumando as malas para ir embora.
Porque a cura veio para ficar.

A *sabedoria* está sempre atenta para perceber as pequenas etapas da CURA. Um grande triunfo é conquistado com a transformação de detalhes, dia após dia.

querida

perda,

sua presença tem o gosto amargo da ausência.

Quando você chegou,
deixou faltando em mim parte de quem sou.
Perda, você chegou sem avisar,
o acaso inesperadamente cochichou "fim"
e eternamente ecoou.
O "nunca mais" bateu à porta,
e esse é o pesadelo de quem entrega o coração com
tanta intensidade.
Até que eu me perceba de novo,
até que eu perceba essa nova realidade,
que parece estar faltando pedaço,

eu estarei à deriva,
desnorteado,
buscando encontrar um sentido no inexplicável.
Chegará o dia em que voltarei a sorrir,
chegará o dia em que a perda se decomporá em terra,
se ressignificará e virará solo fértil e
germinará vida novamente.
Mas até que isso aconteça
vai precisar de muita chuva,
de muito tempo
e de muito silêncio.
O ciclo gira, eu sei que gira.
Mas dói, e a dor faz parte do ciclo.
Talvez seja exatamente a dor que faz o ciclo girar.
Até lá, querida Perda, me permito viver a face mais
dolorida da vida.

A *sabedoria* sabe que a PERDA dói.

Às vezes a vida dói mesmo, mas nunca deixe de olhar para a frente, por mais difícil que seja.

querida

impermanência,

*você é a lição mais importante da vida
e a que mais demoramos para aprender.*

Quando a ficha da impermanência cai,
já é tarde demais.
A saudade queima, mas não traz de volta.
Um dia paramos de perguntar "de onde vêm os bebês?"
e começamos a perguntar "para onde vão as vovós?".

A terra da saudade existe,
a terra onde a memória vive a dor de um abraço
impossível de acontecer. Nada veio para ficar,
e conseguir aproveitar o tempo que nos é dado
é uma dádiva.

Viver a experiência do agora,
do café, da conversa, do mel e do hoje.
Viver é brincar de impermanência
em que hoje é,
e pode ser que nunca mais será.
A ironia é que não sabemos onde estará o fim,
que pode estar virando a esquina.
Quem viveu, viveu.
E nada viverá para eternizar-se.
A vida é um sopro, uma folhinha caindo da árvore.
Somos assombrados pela consciência da
impermanência.
Todo encontro é uma saudade adiada.
Hoje é, hoje é, hoje é.
Até que um dia,
era.
E aí, já era.

A *sabedoria* quer uma boa vida justamente porque sabe que é IMPERMANENTE. E busca ter um coração grato porque sabe que a vida não é um mar de rosas, mas se estiver com o olhar atento, vai conseguir encontrar uma florzinha todos os dias.

querida

transição,

Você desperta algumas inseguranças em mim, porque é sempre desafiador enfrentar o desconhecido.

Eu já havia me acostumado com minha antiga fase, mas agora que estou mudando, sinto um desconforto em existir, como se fosse uma turbulência existencial.

Sei que logo, logo estarei lidando bem com essa nova fase e tenho a sensação de que vou me apaixonar por essa nova versão de mim, mas confesso que a transição tem sido difícil.

Me sinto como uma planta que é replantada num vaso maior, para que as raízes possam se expandir e para que o tronco cresça cada vez mais forte. A sensação é diferente do que vinha sendo, mas quem sou eu para questionar os ciclos e mudanças naturais da vida?

Prefiro aceitar esses ciclos e buscar entendê-los para que eu possa crescer de forma harmoniosa com o que a vida espera de mim.

Minha transição flui como um rio, pois a maturidade me ensinou a não ficar tentando represar minhas nascentes, a não ficar tentando tapá-las com pedras.

Sou e tenho me tornado.

Espero essa nova fase de minha vida como quem espera a noiva no altar. Eu a espero linda, mas sei que vai chegar ainda mais linda do que estou esperando.

A *sabedoria* sabe que é preciso se tornar antes de ser, e se tornar nem sempre é um processo fácil.

querida

paixão,

faz muito tempo que fechei meu coração para te sentir, isso por causa das feridas que você já me causou. Mas estou te escrevendo porque me peguei distraído pensando em você e me lembrando de como a vida era colorida em sua companhia.

Você já se manifestou de tantas formas em minha vida, de maneiras tão intensas, que pareço ter ficado mal-
-acostumado. Não vejo graça em nada que seja morno, quero uma paixão ainda maior do que as que já vivi.

E aí acabo me fechando para conhecer pessoas novas, e assim a paixão não acontece, porque **todo incêndio precisa de uma fagulha.**

A paixão que eu vivi foi tão forte que pareço ter uma mistura de preguiça e receio de me abrir para pessoas novas. Mas sinto que não fui feito para a solidão das relações rasas e superficiais, eu quero me entregar, mas é difícil demais encontrar aquele brilho de uma relação leve.

Acho que, primeiro de tudo, eu preciso aceitar que aquele brilho específico acabou e que nunca mais será como antes. As novas paixões não se repetirão em nada, serão paixões novas, brilhos novos, fazendo aflorar versões de mim que eu não conhecia.

Mas, para isso, eu preciso me permitir. Me permitir que a sementinha caia, me permitir passar pelo primeiro encontro, me permitir passar pelo primeiro beijo, me permitir passar pela primeira saudade, me permitir passar pelo primeiro desentendimento.

Posso me manter nessa zona segura de estar sozinho, mas só vou ter a real experiência da vida se me permitir sentir de novo.

Paixão, acho que estou pronto para você, mas dessa vez vou te receber com mais maturidade, quero voltar a me permitir sentir.

Amar é correr riscos, mas é a única forma possível de ser feliz.

A *sabedoria* sabe que cada relacionamento é único, e busca se abrir para conhecer outras pessoas quando está só, mesmo quando o passado te feriu.

querida

mágoa,

*eu nem sabia da sua existência dentro de mim,
na verdade, precisei cavar muito para encontrar o que me
feriu tanto. Eu convivo com os reflexos da sua presença,
mas não conhecia suas origens.*

Quando aconteceu, naquele passado distante, eu não soube lidar direito, me sentia só e sem direção. Então enterrei aquelas palavras cheias de espinhos em meu coração, sem saber que elas criariam raízes dentro de mim. Mas sim, elas criaram e tomaram conta de tudo.
    Sem que eu percebesse, a semente da mágoa desenvolveu em mim revolta, rebeldia, insegurança, ansiedade e medo. Foi fazendo erosão no meu amor-próprio, dia após dia, fazendo com que eu deixasse de ser quem sou.

Hoje percebo que mágoa enterrada intoxica o solo da personalidade e que nada de bom consegue crescer ali.

É preciso seguir o caminho dos espinhos até encontrar a origem, até encontrar aquelas palavras que feriram, aquelas atitudes que machucaram, aqueles momentos que diminuíram e fizeram sentir vergonha de ser quem é.

Uma vez desenterrada e tratada a mágoa, as feridas começam a se fechar.

O perdão traz chuva e primavera, o perdão recupera o solo, o perdão lava e lavra, o perdão traz oxigênio para a alma sufocada.

O perdão tira os espinhos, o perdão nutre a personalidade, o perdão faz crescer forte e dar frutos.

Querida Mágoa, hoje eu te chamo pelo nome, te enfrento e te ressignifico.

Quando você surgiu, eu não tinha a maturidade que tenho hoje, mas agora posso te olhar nos olhos.

O meu amor à vida é maior do que você, o meu amor- -próprio é maior do que você.

Que caia a chuva.
Que venha a água.
Que lave a mágoa.

A *sabedoria* quer olhar a MÁGOA nos olhos, quer conversar com ela. A *sabedoria* usa a MÁGOA como gatilho para uma autoanálise profunda.

querida

raiva,

Você chega chutando a porta, jogando objetos na parede e gritando palavrões. Não te julgo.

Eu estou com raiva agora, enquanto escrevo esta carta para você, e minha vontade é de me juntar a você e sair quebrando tudo, mas vou apenas te observar até nos acalmarmos.

    Raiva, você desperta em mim uma vontade enorme de ferir as pessoas, e eu fico fantasiando diálogos extremamente ofensivos, me fantasio falando as piores coisas para as pessoas. Não acho que essa seja a melhor forma de permitir que você se manifeste em mim, mas confesso essa minha vontade.

Raiva, você apareceu aqui, agora, por um motivo tão bobo e pequeno, mas quando presto atenção, percebo que você nunca vem do nada, é sempre a soma de várias pequenas coisas. O motivo da raiva é sempre uma repetição, um padrão que vai acumulando pequenas brasas em nossa cabeça. E basta uma gota de gasolina para fazer tudo explodir.

Acredito que você seja uma ferramenta importante de autopreservação, por isso é muito valioso quando você surge. Depois de me acalmar, consigo me entender com mais clareza, identificando inseguranças e fragilidades em mim. Raiva, você toca bem onde está inflamado.

Vou te dar colo, Raiva. Te aceito em mim. Não vou te usar como arma para ferir os outros, vou te usar como um sinal de alerta em meu processo de autoconhecimento. Você existe em mim e é legítima, é humana.

Quando eu era criança, mandavam eu engolir a raiva. Era como engolir brasa quente. Todo sentimento precisa fluir, todo sentimento precisa vir à tona, todo sentimento precisa se manifestar, não para ser simplesmente aceito, mas para ser tratado.

Sentimento engolido vira pedra, sentimento acolhido vira pão.

Raiva, sempre que vai embora, você deixa bagunçada a casa que há dentro de mim, com culpa manchando o tapete, cacos de vergonha espalhados pelo chão e pedaços de dúvida por todos os lados. Mas sempre que faço a faxina para arrumar a casa, acabo encontrando coisas que nem sabia que existiam dentro de mim.

Já encontrei uma magoazinha embaixo do sofá que não achava há anos, um pedaço de insegurança que estava embolorando atrás do guarda-roupa, infiltração de inveja... enfim, sempre que você vai embora deixa lições importantes.

Você é a manifestação do limite, você é a lanterna que o mostra. Você é a emoção que nos dá o giz para demarcá-lo. Vai de nós tomarmos a decisão de demarcar nossas fronteiras.

Juro que comecei a escrever esta carta com vontade de te mandar pro inferno, mas estou começando a ter vontade de te agradecer.

A *sabedoria* sabe que a RAIVA é o sinal de algo mais profundo. Sua manifestação passa como um vendaval, mas a *sabedoria* não permite que ela destrua a casa e as pessoas que vivem ali.

querida

vaidade,

nosso convívio durou tanto tempo que me sinto íntimo de você.

Relação estranha, talvez até abusiva.
    Você parecia amor-próprio, mentia para mim que era amor-próprio.
    Se maquiava de amor-próprio, tinha cheiro, tinha gosto, mas não era amor-próprio. Era poeira.
    A diferença entre vocês é que você não tem alicerce, não tem raiz. Você vive do momento, de prazeres que precisam ser injetados em doses cada vez maiores e mais frequentes. Precisa ser recebido do outro, não emana de dentro. Você, Vaidade, se alimenta da aprovação alheia, da validação dos outros.

Quando eu era elogiado, reparado ou aplaudido, você surgia heroica dentro de mim, mas era euforia, não felicidade. Pois quando eu voltava para minha solidão, esse sentimento não permanecia, ia se esvaziando ainda no elevador do prédio, e quando eu abria a porta para entrar no apartamento, só encontrava a tristeza.

Essa corrida por aprovação não tem linha de chegada, pois a vaidade nunca se sente satisfeita. Eu corri atrás de você e nunca foi o suficiente. Você não sustenta e não mantém de pé. Minha alma sempre se sentia desnutrida, mesmo eu conquistando cada vez mais coisas.

Só o amor-próprio pode sustentar a identidade. Um amor que emana de dentro para fora, que alimenta, que fortalece, que se acolhe e se percebe.

O aplauso e o elogio dos outros chegam como um suspiro, como um vento gostoso, como cheiro de bolo. Mas a crítica não faz desmoronar a casa. Quando se tem amor-próprio, a desaprovação alheia não é tempestade, pode ser no máximo um chuvisco leve, que logo passa.

Vaidade, você engana bem. Mas a maturidade tem me alertado de suas armadilhas. Você parece amor-próprio, mas é justamente o oposto dele. Você vem de fora, é de plástico, não sustenta e vira pó.

O amor-próprio é força, é suporte, permanece, protege e gosta de conversar comigo. O amor-próprio ama quando eu me abro com ele, diferente de você que sempre me mandou calar a boca.

Vaidade, eu estou em um relacionamento sério com o amor-próprio, cada dia mais presente em minha vida. Não tem mais espaço para você aqui.

Adeus.

A *sabedoria* tem conhecimento de que
a VAIDADE exagerada serve para preencher
algum vazio, que busca o prazer imediato
do reconhecimento para mascarar a falta de
amor-próprio. A VAIDADE é feita de pó e não
se sustenta no tempo.

querida desistência,

eu tinha preconceito a seu respeito, pois passei a vida toda ouvindo das pessoas que desistir era sinônimo de fracassar.

Mas eu mudei de opinião, hoje penso que você é uma ferramenta que pode ser usada com sabedoria! Na verdade, te acho fundamental para alcançar meus objetivos, pois a inteligência está justamente em saber escolher do que desistir e em que momento. Vejo muitas pessoas seguindo por caminhos errados, que não estão de acordo com seu coração, continuando simplesmente porque têm medo da sensação de frustração que está associada ao ato de desistir. Mas, Desistência, às vezes você é libertadora e abre novos caminhos!

Recalcular a rota da jornada da vida é fundamental para o nosso desenvolvimento, e por isso precisamos ser amigos da desistência saudável, aquela que é feita com racionalidade e sem culpa. Desistir pode significar que temos mais clareza hoje do que tínhamos há tempos. Se sou mais inteligente hoje do que era antes, por que deveria continuar seguindo no mesmo rumo, se agora consigo perceber que estou no caminho errado?

Antes eu me sentia mal ao desistir de um projeto ou relacionamento, mas hoje percebo que se tomei a decisão com o coração sincero, desistir foi a melhor escolha.

É desistindo do que não gostamos que percebemos do que gostamos. É desistindo do que nos machuca que acabamos por encontrar a cura.

Desistência, você é muito mal interpretada pela sociedade, e vejo todo mundo te jogando pedra, mas nós dois sabemos que todo mundo terá que desistir do que não é, se quiser encontrar o que é.

Dar dois passos para trás, repensar, mudar de opinião, voltar atrás em uma decisão, abandonar um projeto, nem sempre são sinônimos de incompetência. Às vezes, o tempo nos traz informações que não tínhamos quando escolhemos seguir por esse caminho, por isso está tudo bem usar essa nova informação para desistir de certas coisas.

Quando você, Desistência, é usada com sabedoria, serve como instrumento de eficiência na vida. Quanto mais saudável é a minha relação com a possibilidade de desistir, mais certeza eu tenho dos caminhos que estou trilhando, mais amor sincero eu coloco nas minhas relações, mais autenticidade eu desenvolvo em tudo o que faço, pois não estou em algo por medo de desistir, estou de coração inteiro.

Fracassamos quando mentimos, quando fazemos de mau jeito, quando não fazemos com sinceridade. Desistir do que deve ser desistido com franqueza e transparência é honestidade, é postura, é honra.

Desistência é uma ferramenta.

A *sabedoria* usa a DESISTÊNCIA como uma ferramenta de alinhamento da vida com a nossa real essência e vontade. Não desistir de tudo, mas ter a coragem de desistir do que nos afasta de nosso propósito maior.

querida

autocobrança,

é muito bom poder conversar com você, pois se estamos conversando é sinal de que finalmente te percebi em mim e te perceber é o primeiro passo para te entender.

Eu passei a vida achando que as pessoas me cobravam algo, mas depois de um tempo percebi que na verdade a cobrança era toda minha, as pessoas não esperam nada de sobre-humano de mim.
   Tenho um juiz bravo e punitivo dentro de mim, que, embora seja extremamente compreensível com tudo o que os outros fazem, cobra de mim uma conduta irrepreensível.

Na verdade, acho que essa autocobrança tem diminuído a cada dia, desde que percebi que não preciso ser perfeito para ser amado. É isso mesmo, eu não preciso ser perfeito para ser aceito, ou para ser feliz. Eu posso tropeçar, posso falhar e tenho o direito de decepcionar.

Hoje sei que frustrar alguma expectativa que os outros têm sobre mim não me desmorona, não me dói. É um direito que eu tenho, o de ser eu mesmo e não atender às expectativas de todo mundo, e eu jamais vou abrir mão desse direito.

Já tentei agradar a todo mundo, já conheci a vida de fazer e ser tudo o que esperam de mim, e no final eu estava sozinho, machucado e sem mim mesmo para me consolar. Eu nunca mais vou abrir mão de mim.

Por isso, Autocobrança, eu me cobro pela minha sincera humanidade, uma humanidade que ama trabalhar, mas que trabalha para colher resultados, não para corresponder às expectativas.

Eu busco ser uma pessoa boa, mas não me cobro para ser uma pessoa perfeita.

Eu busco melhorar, mas não me cobro para nunca errar.

Eu busco caminhar pelo caminho certo, mas não me cobro para aceitar correr qualquer maratona.

Eu busco ser justo, mas não me cobro a ponto de ser passado para trás.

Eu busco ser simpático, mas não me cobro para agradar a todo mundo.

Eu busco ser real, e não me cobro para ser ideal.

Autocobrança, você tem diminuído dia após dia dentro de mim, porque tenho buscado uma disciplina inteligente que busca o equilíbrio de uma rotina saudável, eu abro mão de muitos prazeres momentâneos para colher consequências positivas a médio e longo prazos, condicionando minha vida para um caminho melhor, e tenho percebido que isso é justamente o oposto da autocobrança punitiva que vinha tendo. Fazer boas escolhas é como plantar boas sementes na minha vida, que devagarinho vão germinando e me proporcionando uma existência cada vez mais colorida e aceitável.

Autocobrança, você sempre me pune quando erro, faz eu me sentir um lixo, e nunca me permite celebrar minhas conquistas, por isso vou fazer escolhas sábias que cultivem o amor-próprio, que usa o erro como informação de aprendizado e celebra todas as pequenas e grandes vitórias que tenho.

A *sabedoria* ama a disciplina que busca uma vida mais saudável e equilibrada, e essa disciplina amorosa é justamente o oposto de se cobrar demais, é cuidar de si como cuida das pessoas que ama, como cuida de um jardim. A **AUTODISCIPLINA** se ama, a autocobrança se odeia.

querida

paciência,

*Você vai demorar para me responder, de propósito.
Seu método de me deixar esperando me irrita, mas,
no final das contas, sempre entendo seus porquês.*

Muitas vezes o único caminho saudável possível é a
paciência, pois coisas boas levam tempo para serem
construídas.

> Coisas boas levam tempo para amadurecer,
> levam tempo para curar,
> levam tempo para cicatrizar,
> levam tempo para se fortalecer,
> levam tempo para se encontrar.

O mundo está cada vez mais rápido, nos deixando cada dia mais aflitos com a velocidade do tempo natural. A gente pode achar que tem o domínio de tudo, mas mesmo assim precisamos esperar o tempo natural das coisas acontecerem. Ficar olhando o vaso com ansiedade não faz a flor nascer mais rápido, por exemplo.

O tempo pode curar tudo, mas o tempo tem seu próprio tempo para acontecer e o tempo do tempo não pode ser acelerado.

É preciso aceitar o tempo do tempo para encontrar o que se procura, aceitar o tempo do tempo para encontrar sua cura. Ter paciência, portanto, é fazer as pazes com o tempo que o tempo tem.

Quem luta contra o tempo sempre perde um tempo precioso. Quem tem paciência tem o tempo como aliado.

Querida Paciência, a gente sempre te odeia no começo e te ama no final, porque você nos ensina lições valiosas que nenhuma outra coisa no mundo consegue ensinar. Você trabalha em nosso coração todas as sementes da sabedoria, em todas as áreas da nossa vida.

Eu sei que cada dia que passa a gente tem mais pressa, tropeçamos em nossos próprios cadarços por não ter paciência de amarrar os sapatos.

Queremos mais tempo para ocupar com mais pressa, para nos sentirmos cheios de compromissos. Mas, no final, vamos perceber que **tudo o que é feito com pressa se esfarela no tempo**.

Só você, Paciência, é capaz de construir o que importa e o que tem valor.
Como o fogo purifica o ouro, a dor da paciência fortalece o coração.
Paciência, você é o maior teste de força que existe.
Você não permite negociação.
A gente barganha, barganha, barganha e no final somos obrigados a te aceitar, e só quando te aceitamos, avançamos nessa evolução estranha que é a vida.

Não dá para acelerar o tempo da fisioterapia,
não dá para acelerar o tempo da terapia,
não dá para acelerar o tempo do conhecimento,
não dá para acelerar o tempo da experiência,
não dá para acelerar o tempo da intimidade,
não dá para acelerar o tempo da confiança,
não dá para acelerar as fases da vida,
não dá para acelerar o processo do luto,
não dá para acelerar o ciclo natural das coisas.

Paciência, me dê a mão e caminhe ao meu lado.
Só assim saberei que estou andando pelo caminho que me levará à vida.

A *sabedoria* aceita não ter todas as respostas, e sabe que tudo tem seu tempo natural para acontecer. Às vezes, aceitar e esperar é avançar.

querido ressentimento,

você é nojento. Você é uma lama suja que faz afundar todo mundo que confia a vida a você.

Ressentimento, você é um solo infértil, cheio de pedras e espinhos. Nada de bom cresce de você.

   Você nunca germinou vida,
   nem saúde,
   nem cura,
   nem luz,
   nem ar.

Você fica repetindo e ecoando o passado, criando narrativas cada vez mais encharcadas de sangue e dor. Você elege vilões de todos os tipos, transfere a culpa de tudo, terceiriza responsabilidades e aprisiona a pessoa em um estado de vitimização permanente.

Suas raízes sufocam o amor-próprio, enforcam a autoestima, fazem secar a paz e tapam a boca do diálogo. Você é nojento.

Você sempre começa com um cochicho e um tapinha nas costas. Chega manso e falando baixinho. A gente te dá ouvidos porque você nos conforta, nos dá colo, nos entende, nos abraça como um amigo e fala que vai ficar tudo bem, que todo mundo está contra nós. Nos convence de que somos bons e que todos ao nosso redor são maus. Mas quando nos damos conta, suas infiltrações já se instalaram em tudo, e agora você é mais dono do nosso coração do que nós mesmos. E aí estamos sozinhos.

Você usa palavras, atos e situações do passado para construir uma cadeia em nossa identidade. Num primeiro momento, a cadeia parece tão segura e confortável que nem percebemos que estamos presos. Ela não deixa o tempo trabalhar, não deixa o tempo passar e nos deixa presos ao passado. Podem se passar um, cinco, dez, vinte, cinquenta anos que a cadeia continuará intacta, sem nem sinal de ferrugem. É como se o tempo nem tivesse passado. O tempo não cura o ressentimento; na verdade, é preciso se curar do ressentimento para deixar o tempo agir.

Ressentir é sentir de novo e de novo, todos os dias. **Quem está preso ao ressentimento está em um ciclo eterno de sentir de novo.**

Ressentimento, você é um demônio sutil que não gosta de aparecer. É preciso muita luz interna para te encontrar e te trazer à tona. Como é difícil limpar nossa alma de você.

Para quebrar esse ciclo e fazer uma faxina em nossa alma para tirar sua lama nojenta, é preciso pedir ajuda para a humildade, a santa humildade, que sempre está disposta a nos ajudar. A sabedoria também se coloca a nossa disposição, assim como a empatia, o diálogo e, principalmente, o perdão.

Ressentimento, você é autodestrutivo, destrói a própria alma tentando ferir a alma alheia. Eu vou encher meu coração de luz do sol para que você nunca mais faça morada em mim. Estou me limpando de você, e todo mundo vai ver como o perdão alveja a alma e faz brilhar o ser.

A *sabedoria* não aceita o RESSENTIMENTO, e faz o que for preciso para jogar Sol sobre ele e eliminar o mofo da alma. Abre as janelas do diálogo e fecha o ciclo de ressentir.

querido

amor perdido,

eu preciso me despedir de você.

Eu me pego constantemente revisitando nossas histórias e confesso que isso me machuca bastante. Dói porque foi bom, mas tenho de aceitar que acabou. Parece que eu me reconheço mais em você do que em mim agora, e isso não está certo, eu preciso ser o que sou hoje.

   Apesar de tudo, sou extremamente grato a tudo o que vivemos e ao que você me ensinou. Minha ingenuidade de entrega nos fez viver momentos inesquecíveis, grandiosos, intensos, e isso estará guardado para sempre em meu coração como momentos felizes do meu caminho, mas isso não pode me definir mais, eu preciso te deixar para trás.

Obrigado pelos momentos e pelas risadas, obrigado pelas emoções e pelas pessoas que fizeram parte disso.

Eu me perdoo pelas mancadas que dei, aceito que vivi o que vivi porque não sabia o que sei hoje e está tudo bem, eu fiz o que achei certo com a maturidade que tinha na época.

Estou te escrevendo essa carta porque quero te deixar virar passado, por mais que doa, eu acho que já chorei o suficiente e preciso aceitar que acabou, porque tenho certeza de que um futuro diferente me espera, não importa se melhor ou pior, isso é só ponto de vista, mas só de ser diferente já me enche de esperança.

Com o que sei sobre mim agora vou criar a melhor vida que puder!

Não é a primeira vez que preciso me despedir de um amor passado, já tive outros amores, ainda mais longínquos, que precisei deixar para trás e hoje formam apenas memórias leves e gostosas de revisitar. Mas você ainda me dói. Você me puxa como num cabo de guerra, e eu estou soltando a corda para que você caia e eu siga em frente.

Eu te respeito como parte da minha jornada e sei que ainda tenho muito de mim para descobrir.

Obrigado
e adeus.

A *sabedoria* busca entender e aceitar o fim.
Volta o foco para si, para dentro, para reaprender
a ser, sem o outro.

querida

maturidade,

como eu lutei para te conquistar. Precisei enfrentar tudo: o medo, a dor, a perda, a raiva, o descontrole, o arrependimento, a mudança, o desconhecido e tudo mais o que a vida colocou diante de mim, mas isso tudo me fez conhecer você, Maturidade.

É gostoso te perceber em mim, faz meu coração se sentir mais preparado para lidar com a vida. Você é o resultado da nossa capacidade de olhar para dentro, nos entender e aceitar. As cicatrizes já se fecharam e minha pele está calejada.

    Há alguns anos eu escrevi:

"Tem dias que minha alma não tem pele,
Tudo queima,
Tudo arde,
Tudo dói."

    E hoje olho para trás e consigo compreender muito melhor as situações que enfrentei e que me deixavam tão confuso com a vida. Tudo graças a você, Maturidade.
    Hoje minha alma tem pele e carrega consigo muitas histórias. Histórias cheias de falhas, de tropeços, de amores, de aprendizados, de risadas, de arrependimentos, de acertos, e a soma dessas experiências me fez me conhecer muito melhor hoje. Como é bom poder ter a mim mesmo ao meu lado para enfrentar a vida.
    Quando lido comigo, sei com quem estou lidando, não me encaro com um desconhecido. A maturidade me fez ser meu amigo, aceitando meu lado bom e meu lado ruim, minhas forças e minhas vulnerabilidades, meus pontos de luz e meus pontos de trevas, meu lado amigo e meu lado insuportável.
    Graças a você, hoje eu penso antes de falar e reflito antes de agir. Você me mostrou o valor de me calar e me deu maior precisão ao falar.
    Maturidade, você é o autocontrole, o autoconhecimento, a experiência própria. Você é o manual de instrução da vida que tanto pedimos quando somos jovens. Você é a conclusão das vivências, é uma conselheira sábia, é uma amiga de verdade.

Você estará comigo até o fim, se aprimorando e me ensinando todos os dias. Obrigado por me apresentar o valor do respeito e da empatia.

A *sabedoria* se constrói com a **MATURIDADE**, lado a lado, são frutos da mesma árvore, que se rega com o tempo, se aduba com a experiência e se poda com a autorreflexão.

querida

inveja,

eu me sinto um idiota quando você se faz presente.

Tenho uma sensação ruim de que não estou no patamar que deveria estar, de que outra pessoa é melhor do que eu.

Às vezes, quando vejo o sucesso de uma pessoa, me sinto pequeno, como se nada do que eu construí tivesse valor, como se eu não estivesse me dedicando o suficiente. Vem uma autocobrança. *Eu devo estar vivendo errado*, penso.

Mas as vitórias das outras pessoas não deveriam anular as minhas, afinal, cada jornada é única.

Inveja, você é um sentimento tão bobo que eu morro de vergonha de te assumir ou contar para alguém que te sinto. Acredito que todo mundo te esconda muito bem escondida, por isso a gente sente como se fosse o único a te sentir.

Mas eu te sinto, sim, Inveja. Você não me domina, sempre que te percebo busco estabelecer um diálogo com você, racionalizar, pensar bem. Afinal de contas, quando vejo o sucesso de alguém, estou vendo apenas uma vitrine, não tenho acesso à oficina da realidade daquela pessoa. Vejo apenas o objeto da vitória, do sorriso e das conquistas, não vejo as lágrimas, a sujeira e a dor que ela carrega.

Eu também costumo mostrar apenas minha melhor versão e acredito que, para quem vê de fora, minha vida parece ser pura poesia. Chega a ser engraçado pensar nisso.

Preciso aceitar minha humanidade, assumir minhas inseguranças, pois só com a sinceridade conseguirei lidar com você, Inveja.

Se sinto, sinto por algum motivo, e conversar com esse motivo é bom para me conhecer, me acolher e trabalhar em mim o que precisa ser trabalhado, para aceitar o que precisa ser aceito.

Inveja, você às vezes me visita como um vento que entra pela janela. Sei que nunca vou me livrar de você totalmente, mas quero te usar como gatilho para me autoavaliar, para me entender.

A *sabedoria* percebe a própria INVEJA e busca conversar com ela para entender de onde vêm suas inseguranças. Tratado o interior, o exterior não machuca mais.

querida

rejeição,

Você me fez desviar do meu caminho. Eu me encontrava fraco e precisando de ajuda, mas no momento em que mais precisei de acolhimento, me senti rejeitado. Fui expulso. Fui convidado a me retirar.

O seu poder sobre mim foi devastador. Quando me senti de fora, foi como se tivesse sido expulso do Jardim do Éden, e o meu maior pecado era ser eu.

Comecei a me olhar com maus olhos, me sentir o vilão que nunca fui. Fui expulso de dentro de mim e fiquei vagando pelo mundo, encontrando vazio atrás de vazio. A rejeição veio de fora, mas acabou criando um rejeitador interno. Eu nunca mais me aceitei, e nada dói mais do que não se aceitar.

Me sentia um estranho para mim mesmo, em todos os lugares, com todos os grupos, eu era um forasteiro em qualquer lugar. Eu não conseguia me sentir pertencente a nada, porque não pertencia nem a mim mesmo.

Rejeição, quando eu me dei conta de você e comecei a me amar, você foi desaparecendo como as trevas desaparecem no primeiro raio de sol do amanhecer. O Sol do amor-próprio começou a nascer e esquentar tudo, e aquela madrugada que durou tantos anos finalmente foi cessando.

A porta que abre o coração só tem fechadura do lado de dentro, e o poder de descobrir isso é um caminho sem volta. Uma vez sentida a alegria de se pertencer, a rejeição nunca mais retornará. O amor é um antídoto vitalício e crônico.

Ah, Rejeição, quanto tempo eu perdi te dando ouvidos, me sentindo diferente, me sentindo menor do que todo mundo. Me apeguei tanto aos ferimentos que nem percebi que eu mesmo estava me abandonando.

Me sentia indigno, sujo, pequeno, malvisto.

Eu tive ajuda para me desmentir. Precisei de auxílio para que outra pessoa limpasse o espelho embaçado que eu via minha alma. Que bom que isso aconteceu.

Eu sou feito do que é bom.
Tapei a boca do meu juiz.

Minha essência é luz, mesmo eu sendo cheio de sombras.

Rejeição, você fez eu me odiar, me fez tapar minhas nascentes com pedras, fez eu me calar, me diminuir e apagar minha luz.

Eu já retirei todas essas pedras da minha nascente e sinto minha essência emanar com uma fluidez que irriga todas as plantações em minhas margens.

Me pertenço e sempre me pertencerei.
Eu nunca mais vou me rejeitar de novo.
Nunca mais vou dar as chaves da minha identidade para ninguém.

A *sabedoria* sabe que a pior **REJEIÇÃO** que existe é a **AUTORREJEIÇÃO**. A alma jamais se sentirá abandonada se não abandonar a si mesma. A alma se acolhe e constrói uma casa para si mesma.

querida

desconexão,

eu me fiz tão sozinho, que agora me encontro somente em mim. Construí um muro alto ao meu redor para me proteger e agora me sinto sozinho.

Já estive tão conectado com as pessoas, estive em relacionamentos profundos, tinha contato com grupos de amigos, com a família, mas parece que não sobrou nada. Tenho uma conexão fraquinha com algumas pessoas, mas nada que chegue perto de uma conexão real. Ninguém tem acesso a mais do que 15% de mim.

    Não tenho para quem contar minhas novidades.
    Não tenho com quem dividir meus momentos.
    Não me sinto conectado a ninguém.
    Isso faz tudo perder a graça.

Desconexão, ninguém sabe o gosto do meu arroz, meus repertórios de piadas internas, que eu dividia com amores e amigos, sumiram. Algumas acabaram de repente, outras foram se enfraquecendo, e eu já nem sei por onde essas pessoas andam.

Parece que eu desaprendi a me conectar. A conexão exige um certo tipo de entrega despretensiosa que minhas inseguranças me impedem de ter.

Parece que eu me sinto um peso para as pessoas.

Parece que a desconexão, apesar de ruim, me protege de decepcionar os outros.

Desconexão, você vai tirando o sabor da vida, vai descolorindo a rotina, vai desbotando a identidade.

Eu vou acabar com você. A conexão precisa de abertura, de fluxo, de energia, e eu vou em busca dessa abertura! Faz tempo que estou em reforma, me conhecendo e criando um relacionamento lindo com meu coração. Chegou a hora de dar o próximo passo.

Com a maturidade que tenho hoje, consigo discernir melhor as companhias que quero comigo e os tipos de relacionamentos que quero cultivar, e isso nutre minha alma e faz bem para a minha vida.

Eu vou mandar mensagem para aquela pessoa que eu sei que me ama, vou convidar para sair aquela velha amizade que sei que me faz bem. Vou sacudir a poeira dos relacionamentos e destruir esse muro ao meu redor.

Desconexão, uma boa vida precisa de bons relacionamentos, e ter critério para a companhia não é o mesmo que se fechar. Eu não vou me expor e aceitar tudo o que se propõe a se conectar comigo, mas vou sempre pulsar a energia do encontro e das trocas saudáveis.

Desconexão, você me enfraquece, porque eu me fortaleço nos laços e nas amizades. Vou voltar a me conectar, porque meus afetos precisam fluir, e porque as pessoas que amo precisam sentir o tempero do meu arroz.

A *sabedoria* busca identificar e destruir os muros que nós mesmos construimos para nos **DESCONECTAR**. Sabe que, por mais complexo que seja, o que torna tolerável o ato de viver é conviver. Conviver é o que preenche o viver.

querido

choro,

você é a água que me desafoga.

É o desaguar que me limpa a alma.

    Foi graças ao choro que eu não explodi.
    Foi graças ao choro que eu não me perdi.
    Ainda bem que eu posso chorar.

    O secar do choro, o lavar o rosto, tem um significado bonito de "já passou". Secar o choro traz uma sensação de que já sofremos uma parcela do sofrimento, e parcela sofrida não se sofre mais.
    Choro, você é uma válvula suave, uma janela aberta para dissipar a fumaça.

Eu não me permitia chorar, como se o choro fosse um terrível fim, um sintoma de fraqueza. Mas hoje percebo que chorar é uma ferramenta de alívio próprio. Se permitir chorar é se permitir fluir, aceitar o sentir para sentir a aceitação.

O choro abraça a saudade, consola a dor, sorri para a dúvida, faz cafuné na solidão.

O choro destranca a porta, desobstrui o rio, deixa sair o que tem que sair.

Choro guardado se solidifica e vira pedra. Choro cristalizado vira outra coisa.

Choro é para ser chovido, chuva é para ser chorada.

Não se segura a gargalhada, não se segura o espirro, não se segura o choro.

A lágrima seca e desaparece,
sai dos olhos e desaparece,
sai da alma e desaparece.

Querido Choro, obrigado por suas tempestades, você lavou tudo dentro de mim.

A *sabedoria* deixa manifestar tudo o que precisa ser manifestado, e deixa as tempestades cairem quando o céu se fecha.

querido

eu,

primeiramente eu gostaria de pedir desculpas por ter sido tão duro com a gente. Por nos cobrar tanto, por não ter nos dado ouvidos, por tantas vezes nos prejudicar com medo de decepcionar os outros.

Eu sempre falo sobre a importância de respeitar os outros, mas acabo me esquecendo de respeitar a pessoa mais importante de todas: nós.

    Obrigado por nunca ter desistido de nós. Obrigado por ter tido paciência com nossos ciclos e fases, por ter nos permitido viver a verdade de cada momento da nossa vida.

    Cada dia que passa eu sinto que sou mais íntimo de você, te conheço melhor, te acolho melhor, te deixo fluir melhor.

De agora em diante eu vou cuidar da gente, porque precisamos estar bem, principalmente para poder fazer bem aos outros.

Nossa luz é linda, e eu prometo estar ao nosso lado em todos os momentos, nas celebrações e nas tragédias, nos tédios e nas aventuras, nos amores e nos desamores.

A vida provavelmente nunca vai deixar de nos surpreender, mas a maturidade que estamos adquirindo nos ajudará a lidar com cada desafio que se apresentar a nós.

Eu nunca vou me abandonar.

A *sabedoria* é quem cuida do EU.

leia também

Acreditamos nos livros

Este livro foi composto em Utopia Std e impresso pela Geográfica para a Editora Planeta do Brasil em abril de 2022